没有翅膀的飞翔

何苾 著

花城出版社
中国·广州

图书在版编目（CIP）数据

没有翅膀的飞翔 / 何苾著. -- 广州 : 花城出版社, 2025. 1. -- ISBN 978-7-5749-0391-3

Ⅰ. I227

中国国家版本馆CIP数据核字第2025FF8976号

出 版 人：张 懿
责任编辑：安 然
技术编辑：凌春梅
责任校对：卢凯婷
封面设计：张年乔

书　　名	没有翅膀的飞翔 MEIYOU CHIBANG DE FEIXIANG
出版发行	花城出版社 （广州市环市东路水荫路11号）
经　　销	全国新华书店
印　　刷	深圳市福圣印刷有限公司 （深圳市龙华区龙华街道龙苑大道联华工业区）
开　　本	880毫米×1230毫米　32开
印　　张	7.625　2插页
字　　数	110,000字
版　　次	2025年1月第1版　2025年1月第1次印刷
定　　价	68.00元

如发现印装质量问题，请直接与印刷厂联系调换。
购书热线：020-37604658　37602954
花城出版社网站：http://www.fcph.com.cn

我曾想让雪的火焰
　　　　　燃烧我的脚印
　　　　　熔化我所有的爱
　　去焊接那道闪电撕裂的光阴

目 录

第一辑 走进寂静

疲惫的阳光 ... 003

真假 ... 004

走近寂静 ... 005

只想 ... 006

把心腾空 ... 007

比如 ... 009

世界有无数个洞 ... 011

新生 ... 013

捎去一颗义齿 ... 015

话语 ... 016

世界幻象 ... 018

心结 ... 020

通行证 ... 022

把零还给零 ... 025

解剖 ... 027

天空端平了一碗水 ... 029

灵魂何时配副鞍 ... 031

不再困惑 ... 033

颠倒 ... 035

没有翅膀的飞翔 ... 036

触摸 ... 038

心如匹练却又止 ... 040

天空 ... 041

用牙齿咬住春天 ... 043

老花 ... 044

对面 ... 046

说话的眼睛 ... 047

立春之前 ... 049

第二辑　心跳的姿势

舌头 ... 053

梦的墓碑 ... 054

地平线 ... 055

以外的以外 ... 057

宇宙布满了问号 ... 059

一天 ... 061

你的眼睛 ... 063

在诗的过道上 ... 065

渴望 ... 067

早晨 ... 068

尊崇 ... 069

梦到世界背面的母亲 ... 071

孤寂 ... 073

掂一掂天空 ... 075

背诵阳光 ... 077

理由 ... 078

告别病床 ... 080

有一种境界叫雪 ... 081

站在自己的舌尖 ... 083

伟大的零 ... 085

以落叶的名义 ... 087

冬月 ... 090

故乡的春日 ... 092

梦里 ... 094

故乡的月牙 ... 096

敲响寂静 ... 098

踏着光阴的脊背 ... 100

云海 ... 102

春分 ... 103

零的浮力 ... 104

第三辑 盛夏的心思

大山之行 ... 107

夜 ... 108

听见太阳的吼 ... 109

故乡的月 ... 110

忘不了 ... 111

知了 ... 113

黄龙 ... 115

倘若光阴抛锚 ... 118

娄山关 ... 120

木船 ... 123

屋檐 ... 125

三岔湖 ... 127

相信 ... 129

故乡的重量 ... 131

偏爱高原 ... 133

岁月 ... 135

相信 ... 137

盛夏的心思 ... 139

青城山 ... 141

四姑娘山 ... 144

九寨沟 ... 146

茶之虹 ... *148*

郎的酒 ... *150*

走进宽窄巷子 ... *153*

给时间一个注脚 ... *155*

老井 ... *157*

秋叶 ... *160*

登临八台山 ... *162*

年的味道 ... *165*

岁月的背面有脚印 ... *167*

乡愁 ... *168*

时间的脸谱 ... *171*

揣一声蛙鸣 ... *173*

第四辑　差别

差别 ... *179*

野性 ... *191*

思想的倒影 ... *195*

李庄的倒影 ... *203*

你在你的边缘 ... *213*

第一辑 走进寂静

疲惫的阳光

最后一束疲惫的阳光
与时间的线条上
界定白昼与黑夜
鹰隼的翅膀跌落
一片柳叶
退了烧的池塘
念想如梦,在荷叶上
凝结一颗水珠
似笑非笑的波纹没有恶意
有脚步声拖长了音调
月色朦胧,蛙鸣匍匐
孤寂的荒园
池塘残破的那只碗
盛满灿烂的星空
不见一粒米

真假

囤积的泪珠
钙化成剔透的心结
现实一种,未来一种

滚烫的天空
融化了一个世界
礁石在海底睁开眼睛

风的长袖舞弄月华
夜的光影闪烁
看得见虚,看不见实

走近寂静

心思压弯了一道月虹
或许有颗星星收留你的浪迹

灯柱拉长的街面
一个脚印一个谜语
谜底藏在你的影子里

把自己许诺给沉寂
分秒计算的幸福
正在丈量悲戚

只想

从指缝溜走的时间
干涸了一条河
帆影上岸指认一片阴凉

呼吸穿过时间的裂隙
用阳光缝补白昼
用星月缝补黑夜

我只想随便裁剪那寸光阴
发酵一朵祥云,酿成诗
朗读晴空

把心腾空

把心腾空,让曾经所有的无
以大于零的姿势
向我胸膛靠近

或许是阳光的一滴血
云朵的一块伤疤
或许是明月的一粒泪
星星的一把剑

春风遗弃的一扇窗
夏雨错失的雷霆
秋叶一声哽咽
鱼的一次呼吸

我不拱手相让
我心中的那个角落

需要光的喧嚣、风的撞击
需要树的绿、花的红

把心腾空
却腾不空钙化的惦记
贫困的炊烟、舌头
贫困的犬吠、鼻息

它们像钙化的坚硬的石头
撞击我心壁,从回音里
听见雷声

而我能够做到的,
整理太阳留给我的影子
钉入天空,让语言温暖
让文字生花

比如

比如露珠
当星星下沉时
它的觉悟
便是从阳光中消匿
也许正是它的生与灭
时间便有了厚度
季节便有了弹性
云便有了情怀
雨便有了牵挂

比如一滴水
只要拥抱着波涛
它就不会孤单
不会腐臭
无论江河多么长
浪花总有讲不完的故事

回流,瀑布,漩涡
倦客的眼睛

所以,不要自缚手脚
莫让眸光凝固
如果雷霆砸痛了夏天
如果梦被闪电劈掉了一半
如果风迷路了,掉进了火海
那么,用点燃的那颗心
烫一壶老酒
与虹对饮

世界有无数个洞

夕阳潜入黄昏
晨曦走出黑夜
世界有无数个洞

时间从天空爬出
伪装的季节
赤裸的空气

明月一丝不挂
梦进进出出
把黎明交给沙滩

阳光刺破云彩
赶路的人丢不下影子
天边有很多悬棺

水与火

爱与憎

世界的洞口不计其数

新生

是的,音乐的面孔
不用眼睛看
弯月里走出一首老歌
飘飘悠悠
躺在冬的屋檐下

寒风卷走了败叶
你孤独得只剩下心跳
那个夜晚的那个窗口
放大的寂静
充塞你的眸子
而你的心底
却有大海般的澎湃

风暴
雨雪

泥泞
所有经历的欢笑与泪滴
都呵护着那粒心思
纵然生活零零碎碎
也从不冷落日子
浪漫的阳光
天真的霜花
你知道了如何新生

穿过傍晚的走廊
采撷残阳的余晖
为一个新梦铺上光明
在夜的末端
你摘下最后的那颗星
挂上一片朝霞

捎去一颗义齿

抽出雨的筋
剥掉风的皮
把阳光搓成绳子
在云中搭一个棚架

从梦里捡到一个梦的壳
追溯到梦的祖先
正数和负数之外的那个身影
揣着糊涂装明白

一片嘴唇跳着舞
踩碎了另一片嘴唇
呼吸是为了停止呼吸

燃烧的脸庞一片寂静
湿润的手放飞一只信鸽
捎去一颗义齿

话语

笑咧嘴巴的那句话
打开泪水的闸门
冲刷梦的尘垢

太阳晒干的那些句子
挤出来一滴水
落在脚背上
凝固成冰

语言长出了皱纹
长出了老年斑
喘不上气的那个词
躺在一块潮湿的草地
被虫子咬断了筋骨

喉咙爬满了蚂蚁

给灵魂搬家
一句笑话
天空破了一个洞

世界幻象

云彩的榨房
把阳光榨成了河

如果河水倒流
还原于高山上的雪
如果鹰隼
孵出了一颗星星
如果汽笛
制作飞翔的标本

语言可以抽签
选择了风筝
一条长长的抛物线
打了孤独的结

礁石寻找潮汐的密钥

涛声依旧
鸥鹭依旧
地平线依旧
只有那片月光
泛滥黑夜的泡沫

椰林的风
在海燕的鸣叫中膨胀
撑破了海岸

用呼吸与世界交谈
天外的那个天上
世界的反面
并非反面的世界

心结

一把旧钥匙
刻着祖先的姓氏
用光阴修复残留的指纹
打开了一扇门

一只粗糙的手
放飞的信鸽
在世界的另一端
把被雨淋湿的心结
捎给大山的那棵树

莫让云彩走得太快
大地还会干旱
曾经阳光烫伤的那道河床
挂不住一丝热风
抑郁的树荫下

那只乞讨过的碗
没有一滴水

而今，屋檐下
一道发酵的眸光
点燃一片萤火
夜的半边脸
笑得像烟花那么灿烂

一束束湿漉漉的光
滴在晨曦的胸膛
一声声脆响
吵醒了日头

通行证

向大地学习
用敦厚的胸脯
温暖每一个白昼与黑夜
拓下水与火的印记
从风的呼吸里
找到属于我的空隙

生命犹如一根藤蔓
趴在世界的边缘
我要采集湿漉漉的阳光
拌一块黏土
捏一个外星人
用远古的工艺
烧制一尊饱经沧桑的陶俑
我要站在地平线上
向世界以外的世界宣告

地球上有他们的祖先

为夏夜置一个日头
扯下一片星星的影子
送给汗流浃背的梦
用牙齿咬住一个音符
穿过一片柳林
抖落嘴边的呓语
调试赤麻鸭的歌声

我想与童年的我相逢
率领一池青蛙
与虫子拌嘴
我想拽回昔日的我
在傍晚的稻场上
牵着伙伴们的衣襟
玩老鹰抓小鸡的游戏

光阴落在我的眼角
我要用鱼尾纹
筑一座烽火台
用一粒褐色的老年斑
烘干潮湿的灵魂

我要归顺大地
归顺心的跳动
用一首诗作为墓志铭
签发我的通行证

把零还给零

走失了的那个你
在指纹上与你相遇
斗和簸箕
都是你生命的重量

寂静撞开寂静
在一片听不见的喧嚣里
让舌头着地
学习脚印里的语言
哪怕音节被冰雪冻僵
或是被烈日晒干
嘴唇上有春天

预言赤着脚
跨越了一片荆棘
空气的藤蔓

爬上了无极的门廊
浮肿的影子
带着脆性的壳体
从诺言的堤堰
撤退到诗的沙漠
即便削瘦了季节
即便季节折断了翅膀
依然守住每个日子
做着同样的梦

风留下那个声音
在落叶影子里喘息
把零还给了零
在夜的尽头转弯
立一个日头

解剖

你能解剖云的骨骼
风的经络
雷霆的喉头
你能解剖光的声音
声音的影子
影子的痕迹

其实,你最想解剖
一个冬日的黎明
那雄鸡打鸣
催落的一片红叶
以它的赤裸
游弋一袭薄雾
那喧嚣的彩霞
涌动的炊烟
叩开了早晨的大门

你透过麻雀的叽叽喳喳
听到枝丫的歌唱
你为霜花唱挽歌
朗诵初冬的太阳

于是,你裹一身阳光
绕到生活的反面
你捆住孤寂
投进燃烧的一堆雪
两只躁动的眼睛
烘干一江春水

天空端平了一碗水

贴着阳光的呼吸,
寻觅着影子的源头,
在花儿探头的那一瞬,
捕捉光阴笑弯了的那一寸。
于是,他知道,
天空的一切,
都是赤裸裸的。

他想吹响天空的喇叭,
听诡异的天籁。
想拥抱那一朵蝶形云,
借一场暴风雨,
清洗心中久封的尘埃。
想挥舞那一道闪电,
撕裂一幅夜幕,
包裹一粒粒零碎的梦。

想走进那座海市蜃楼,
用脚印的记忆,
追溯曾经热闹的那个港湾,
把一个唇印,
留给那根屹立的桅杆。
还想看看流星雨,
陨落的灿烂。

和月光一起躺进丛冢,
夜色歌唱,日晕、月晕,
一切不是幻觉。
无际的天空没有差错,
诞生的死去,
死去的诞生,
端平了一碗水。

灵魂何时配副鞍

寻寻觅觅
阳光下一个灵魂的影子

或许,星光闪烁的夜
睁开的那双眼睛
从来没有闭过
站在时间的裂隙处
隐约看到
前世的那次碰撞
留下今世的这个隆起

凹凸的世界
坎坷的路
只要灵魂搂着腰
孤单不孤独
脚印垒起一个祭坛

把风还给风,把雨还给雨
问天空
灵魂何时配副鞍

不再困惑

潮汐的翅膀
天空的自由,大海的自由
谁能摸到涛声的伤口
谁能抚平波澜的疤痕
夕阳忐忑
繁星躁动
零上音乐的生长
零下影子的燃烧
礁石的慧眼
送走多少春秋与过客
重复的季节,没有重复的人
所以,用一把旧锁寻求答案
无异于穿越时光隧道
向祖先要钥匙
于是,我悟透
忘记过去意味着背叛

纠缠过去等同于告别未来
是的,睡着的人只会梦呓
醒来的人才会歌唱
当水中无月,镜中无花
当灵魂穿越风暴
成为沙滩的知音
脚印种下一把阳光
丰收一片蓝天

颠倒

影子不一定横在地上
用臀部思考
无须嘴巴说话

浮肿的世界
需要眼睛听,需要脚步倾诉
把呼吸攥在手里

大海的斑点
溅到天空的脸上
长出来一颗美人痣

没有翅膀的飞翔

昨夜的那个梦
被一个喷嚏省去一半
我从剪辑的星空中
挑出一朵祥云
制作一张幻灯片
一块遮光布里
我看到没有翅膀的飞翔

生命和爱
都是义无反顾
一壶浊酒能醉几个白昼
让黄昏醉吧,扶着酩酊的夜
走出螺旋的自己

月亮的披肩
飘落在喧阗的戈壁

我从一匹马的眼睛里
觅到了奔腾

远山的冰雪在分娩
我在厚葬一首诗
一个古墓的灵魂
用语言复活

触摸

当一根线穿过了针眼
当石头绊住了脚
你终于明白,眼睛不只是仰视

也许黑夜对于盲人胜过了白昼
颠倒了的位置
不是位置的颠倒
的确,你可以作证
一切影子都是对阳光的剽窃

秋雁以不同的阵形
变换着眷念的姿势
那一声声鸣叫
把你的思绪带入远方
远方的那块平沙

你坐在一椽小屋的石阶上
盯着自己的脚尖
心的跳动，撞击一片寂静
你听到灵魂的步子越来越近

站在孤独者的对岸
你触摸着爱的天花板
窗口的一双眼睛
渴望，又不似渴望
一种完全的赤裸让秋风抽打
你只想在鞭痕之处
许下一句诺言
收获一个骨头

心如匹练却又止

窗外有雨有太阳

对我而言
醉总比痴好

我望着高山的一棵树
想着河畔的一粒沙
我触摸着灯芯草
感觉到烛光里的那份爱
在这样的季节
心如匹练却又止

用阳光清洗目光
用目光丈量世间的壑
弯下身子,扶起影子

天空

阳光
风
叶子
在雪的门前
赤裸裸地舞蹈
终于,我看见音乐的牙齿
和它翘起的尾巴

由此,我忖度天空
追溯它的根
那里有没有界碑
有没有象牙
有没有贝壳
有没有洁白的石头
和那石头上覆盖的冰
那里有没有马的啸

狮子的吼
有没有过街的老鼠
落单的鸟
而我更想知道
那里有没有沙漠
有没有驼铃
有没有一个缺口
通向另一个天空

用牙齿咬住春天

拥抱湖中的月亮,
把灵魂的影子嵌入星空。

数数满天星辰,
摘下最艳的那颗,
做成一盏灯笼,
照亮回家的路。

掏空腹中的语言,
深深地埋入土地。
从此,用牙齿咬住春天,
用眼睛维护光明。

老花

曾经翻越的那座雪山
也许长出了胡须
而那声呼唤的回音
依然荡漾着我的心潮

我曾想让雪的火焰
燃烧我的脚印
熔化我所有的爱
去焊接那道闪电撕裂的光阴
而今,我的一丝呼吸
却烫伤了一片寂静

摘下一片柳叶
学着孩提时的姿势
粗糙的嘴唇
怎么也调动不了音符

我真想
找回昔日的那个陶土哨子
吹出一个旧燕归巢
站在故乡的河滩上
再看一只只落雁

此时,露珠喧响
躁动的晨曦里
我用睫毛放飞灵魂
太阳的光芒
撑开了第三只眼睛
古老的天空,不老花

对面

心思爬上春月的眉梢
旋转着孤寂的方向

灯光摺倒的那片柳影
被河水的牙齿嚼碎

漆黑的对面
仿佛是秘密,也仿佛是广告

说话的眼睛

让手掌学着向日葵
把晨曦运到傍晚
用黄昏的泡沫
淹没一天的喧嚣
眸子望穿的那个星空
把一个过时的密钥
交给赶路的那颗流星
月光一阵痉挛
产下了梦的种子

星星的眼睛为爱睁开
也为爱闭着
春夜的泄露
弥漫音乐的气味
涂着口红的那张脸
把一个吻扔进了漆黑

一簇火焰在水中蔓延

用眼睛说出的话
比嘴巴清楚

立春之前

冬风最后的挣扎
脱落了云彩的羽毛
天空长出蓝色的新翅
载着春日,载着春夜

白昼的色彩不一定是亮的
黑夜的色彩不一定是暗的
人生的色彩在于死后还活着
那身影的重量,那脚印的声音

我只想握住未来的每一个脉动
感受仅仅属于自己的心跳
用爱的颜色疯狂地笑一场哭一场

笑那一个生的哭,哭那一个死的笑
用生与死的长度织一只锦囊
装上我的眼睛和耳朵

第二辑　心跳的姿势

舌头

搅拌着酸甜苦辣咸
在零上结冰
在零下沸腾

阳光中,像一朵云
是风的影子
黑夜里,像一钩弯月
是梦的灯芯

如果蹿出了大海
如果从远古的冰川滑翔
如果切割了分水岭
眼与心的碰撞
震动了喉咙
伸出来的未必是矛
缩进去的未必是盾

梦的墓碑

梦的墓碑
伸出古老的舌头
老花眼逼近现代
扭曲了炊烟、雁群
孩童的笑声

阳光在打结
风撞倒了云的影子
词语纷纷脱落
掉进了季节
日子破了一个洞

一只鸟叼走了朝霞
另一只叼走了暮云
飞翔的交叉点
一颗舍利子
嵌入天空的骨头

地平线

地平线缝合着天和地
缠绕着世间的万事万物

是谁分娩了早晨
是谁吞下了黄昏
又是谁把夜晚涂成了黑色

有多少落叶又有多少落花
而我只想知道
漫长的地平线上
有几串祖先的脚印

我想找到夜虹的支点
拴住一匹野马
把那一声声长啸
钉进星空

我想坐在地平线上
下一盘围棋
做两个眼

以外的以外

天空破了一个洞
漏出一个羞怯的月亮
星星喧嚣,激起一片寂静
你放飞紫色的千纸鹤
为风帆的呼唤
为沉舟的墓志铭

你心底的那个声音
爬出了渊谷
笔直地
笔直地站立
挂着一个骇怪的世界

一寸闪亮的光阴
修复着凌乱的脚印
你心尖上覆盖的那层雪

燃起一团火焰沸腾了星光
你赤裸着
赤裸着眸子里的漆黑
胸膛中的荒漠
嘴唇上飞沫的尘埃

你用火丈量冰
把脉尘寰的冷暖
一个发烫的灵魂
一个料峭的影子
或许,你的一个心动
让明天的念想
成为高秋的一场雨
你知道,宇宙以外
以外的以外
还有以外的以外

宇宙布满了问号

谁能告别天体
在世界以外留下足迹
谁能从太阳上取一粒火
点燃一朵白云
谁能走在雷霆的前头
捂住闪电的眼睛
又有谁能看到明物质的暗
暗物质的明

浩瀚寰宇，到底有多少个空
多少个实
到底有多少次膨胀
多少次凝固
谁能知道，宇宙的记忆
藏着多少个寂静
宇宙的忘却

丢掉了多少个喧嚣

谁能握住宇宙的脉动
抚摸宇宙的心跳
谁能靠着宇宙的肩膀
做一个摸得着的梦
又有谁能在黑夜的门前
布下一个陷阱
捉住盗梦的星星

但我知道,用阳光挤塞灵魂
能够榨出一个湿漉漉的影子

一天

冷凝的月色，在湖中痉挛，一个静止的星空。
他徘徊在湖边，凝视着朦胧的水面，
只企盼溅起一朵浪花，哪怕只是鱼的一次跳动。

灯柱的影子，伴着孤寂的步子，脚印渐渐衰老。
他裹着一道道光，向窗口徐徐靠近，
仿佛听到梦的呼吸。那气息，
好像一条小溪，漫过凹凸的石头，
又如一缕轻风，摇曳细长的柳枝。

他享受着宁静，享受着自己的心跳。
心思重复着心思，垒成了诗，
他把诗句交给黑夜，让梦诵读，
读沉了星星，读出来太阳。

一样的早晨，不一样的霜花，

他燃烧着生命,给灵魂两只火眼。
陨石的黑,青铜器的绿,银杏叶子的黄,
拌和着夕阳的红,涂抹黄昏的脸。
又是一个寂静的夜,他拾起一片片落叶,
夹在冬的缝隙,标注春的页码。

你的眼睛

你的眼睛贴近音乐,透过音乐的一道裂缝,
看到了太阳的舞步。
你的眼睛里,有月亮的皓齿,有星星的朱唇,
有瀑布奔泻的喧嚣,有冰川屯集的宁静。
你的目光举起一道虹,举起一潭碧波,
举起一粒闪闪发光的心思。

你用眼睛思考着世界,
那时间的尽头,空间的边缘,
那影子的厚度,颜色的重量,
那赤道的脉动,大气层的呼吸,
还有那流星的脚印,日食的残渣,
都是你目光的求索。
你的眼睛,时而填满天空,时而掏空大海,
抑或是钻进一个黑洞,一条时空隧道,
抑或是捕捉夏天的一朵雪花,冬季的一只蜻蜓。

你眸子如锚,停泊阳光的港湾,
鸥鹭起起落落,风帆来来往往。
你把眼睛向内,掀开自己的心窝,
摇醒昔日的那个梦。于是,
你的目光,让另一双锈蚀的眼睛燃烧。

在诗的过道上

他把一封书信交给阳光,捎到影子的背面。
夕阳西下,他看到一朵云彩爬出天空,
露出来一个胎记。

是的,游走夜空的,不只是星星,
一双求索的眼睛,举起一个发光的灵魂,
遨游苍穹,寻觅着梦中的那座圣殿。也许,
圣殿门把上那个古老的指纹,依然年轻,
而他肌肤上的皱褶,埋藏的无数个春秋的残痕,
在季节的更替中,让光阴生茧。
天若有情,会有一颗星星守候窗口,
等待一只鸿雁。

或许,天空有雾,天空有雨,
耽误了鸿雁的归期。
一根落毛上,一个辗转反侧的梦,

夯实了一个松弛的心灵。于是,
他握住时间的刀柄,切碎一个个记忆,
拌和酸甜苦辣,嚼出诗的味道。

就这样,他走在诗的过道上,
点亮心底的话语,
让疼痛微笑,让生命光明。

渴望

他渴望裹一身青草的气息,
在燕子衔泥的时候,
听到一个燃烧着的声音。

放飞一只迷恋的蝴蝶,
一只臃肿的蜜蜂,
放飞手指,耳朵,睫毛,
放飞梦里闪烁的那朵火焰。
他渴望握住每个春日,
让眸子摇曳光明,
把喧嚣的那个心魄,
嵌入太阳笑出来的泪珠。

他渴望站在春的顶端,
让目光敲响阳光。

早晨

旭日的吻羞红了天空。

我把心思潜入露珠,只为读懂夏虫的呓语
阳光喧嚣的一刹那,昨夜的那个梦
连同它背面的文身,拽住了一朵凸起的白云

我知道了一呼一吸间的距离。

枝头的喜鹊檐下的燕子
叽叽喳喳,一声声挤满门庭
此时此刻,鸣叫比寂静更寂静
我用耳朵掂量着鸟语的力量。

晨风叹柳姿,荷叶摇蛙声
穿过早晨,蜷缩的影子里
深藏着的那双凝眸的眼睛

埋进了土地。

尊崇

我尊崇太阳。
无论高山还是平地,
它的光芒不需要海拔。

尊崇沙滩。
它以柔弱的身躯,
为所有的行走留下脚印。

尊崇花朵。
它绽放瑰丽,
滋养一双双眼睛,
哪怕只是短暂的烂漫。

尊崇河流。
尊崇虫子,飞禽,走兽,
尊崇小草,树木,石头,

它们以自己的生存方式,
填充世界的空隙。

我要拽一束阳光,穿进针眼,
掏出破旧的心思,
缝缝补补。

我要掬一捧金灿灿的沙粒,
用汗水搅拌,
为每个愿望铺上一条路。

我要在生命的深处,
种上一个春天,
让爱的花朵寂静地燃烧。

我要捆扎一幅夜幕,
灌上一粒粒星光,做一根蜡烛,
给梦一朵火焰。

梦到世界背面的母亲

躺进一粒星光,
梦到世界背面的母亲。

母亲告诉我,
那里的阳光是湿的,
黑夜晶莹剔透。
那里的水上漂着音乐,
山的倒影都会歌唱。
那里的墙上长出来舌头,
舔着浮肿的广告。
那里的树上挂满墓志铭,
每个姓名都有重量。
那里的天空裂了一道缝,
露出现代人的两只手,
猿人的两条腿。

醒来时，我站在母亲的声音里，
捧着祖先的衣钵，
更加确信自己的肉身。
黑色的头发，
黄色的皮肤，
嘴巴里嚼着汉语的言辞：

灵魂的脚，
需要粘上泥土。

孤寂

晴空下趴在地平线上,
发呆的那一朵云,
与谁相视?
夕阳站在黄昏门口,
深情回眸的那一片羞红,
印上谁的脸庞?
露珠掀开晨曦的面纱,
拥抱阳光时那一个闪烁的笑,
落在谁的脚尖?
或许,所有的答案,
都在孤寂里。

闪电频频的一个雨夜,
撑一把伞,
让雷霆滚落一地,
那便是孤寂。

海燕鸣叫的一个清晨，
把一串脚印播撒在沙滩，
长出一只只贝壳，
那便是孤寂。
走进老房子，
用一盏油灯干燥记忆的底片，
把一个个梦挂上墙壁，
那便是孤寂。

掂一掂天空

贴着夜的脸,听到天空的喧嚣。
天空的姿势,在夜晚最俏皮。

给天空种上语言,
种上音乐,种上舞蹈和剑,
种上人类的牙齿和嘴唇,
让天空繁殖眼睛。

相信天空也有城池、堡垒、河流和沙漠,
也有牛的轭,马的鞍,狗的牵引带,
也有蝴蝶梦和古老的传说,
或许,还有人间没有的东西。
倘若如此,我期盼驾一朵祥云,
觅到天空的回音壁,
刻上踮起脚尖的那一眸,
刻上那个不染纤尘醉一笑。

我想掏出剩余的心交给九霄的月。
找一个支点，掂一掂天空，
体会阳光的重量。

把阳光嵌入日子里，
夜晚的脚印也灿烂。

背诵阳光

背诵阳光,
寻觅影子的影子。

或许,虹有声音,
雷霆有颜色。
云彩的世界,微笑和抽泣,
都能擦亮天空。

倘若晚风挺立,
朗读星星的诺言,
梦的掌声便会溅起火花。

背诵阳光,
成为山,成为雪,
成为爱的角度。

理由

搂着命运的腰,
摆一个俏皮的姿势,
给黄昏一个图腾。

夜行的那朵云,
带走了我的唇语。
踏着银杏最后落下的那片叶子,
我找到了口吃的理由。
于是,我用月亮的音节,
和命运密语。

诺言脱壳,
命运回头一笑。
走出音乐的影子,
走进影子的音乐,
那咯咯的笑声,给了我胆量。

我知足,
撒一把盐给地平线,
腌制一颗星。

告别病床

病毒践踏心肺,肆虐呼吸。
我拽住生命的线绳,
打一个蝴蝶结,
系在红十字上面。
水与火的边缘,
大爱之手,垒起一堵铜墙铁壁。

告别三个星期的病床,
我向天空行礼!
抓一把阳光,
撒在雪花走过的路,
让蜡梅的笑声,撞开寂静的冬眠,
给蛙文身。

此刻,站在太阳的影子里,
谈着冰的反面,我顿悟:
生命的燃烧,不只是熄灭。

有一种境界叫雪

天空的洁癖
零下的燃烧

当雪滑过冬的脊背,搂着春的腰
我想燃起一堆篝火
温一壶老酒,用蜡梅的唇
抿一口阳光的味道

走进料峭的春日
阳光铺开我的影子
拓下雪的墓志铭

找回胸膛的那点弹性
恢复瞳孔的呼吸
我把凛冽翻来覆去
用零下的燃烧,叩问天空的洁癖

努力让自己变成一场
下给自己的雪

站在自己的舌尖

用舌头囤积阳光
给话语一片影子,不匍匐别人的嘴唇
用舌头点燃云朵
给话语一犁春雨,也拥河流也抱堰

对话峰峦,目中无非几棵松树
对话大海,眼里方有万顷波
舌头下的一片潮汐
沙粒吟诗海藻放歌

让舌头微笑
面对椰林,面对贝壳
面对礁石上的那群海燕
在灯语诠释的春夜
眸子拽着舌头,直奔心底
掀开尘封已久的肺腑

向满天星斗,向一镰弯月

终于,你站在自己的舌尖

伟大的零

秋分昼夜
我把一半的阳光一半的月色
扎成千纸鹤
在低吟的河流上
放逐尘封已久的那颗心

一声蝉鸣潜入我的血管
将一个飘零的世界
沉入我泛黄的记忆
飞落的叶子带着季节的拷问
归顺了大地

翅膀的方向不只是东南西北
还有生的厚薄死的宽窄
我想绕到秋的背面
把手指伸入星空

掏出那个古老的谜底

秋风扭着细腰,秋雨扩大了寂静
秋的走廊上,竖着一个伟大的零

以落叶的名义

1

季节的鼻孔向上
呼吸着光阴
你以落叶的名义
穿过一堵陈旧的墙
沏上一壶茶
品一碟茶点
让心在一缕阳光上舞蹈
直至黑夜
当月亮扒窗
你给它一个手势
相约在湖底
听鱼儿的大合唱

2

秋夜的风如此寂冷
波光如此沉重
你习惯了灯柱的影子
习惯了脚步的孤独
你胸膛的那团火焰
足以烧焦一汪波涛
你以沸腾的寂静
寂静着寂静
在梦的那一头
一个倒立的灵魂
一把祷告的斧头

3

你捧着过去的过去
擦亮一堆生锈的故事
你捣碎古寺的钟声
撒遍幽暗的山谷
你把禅语挂满天空
而云彩装聋作哑

一双焦灼的眼睛
把是非交给了是非

4

现实的重量
压弯了地平线
你透支未来的缘
在夕阳的唇边
蹭一个吻

冬月

或许不同的雪花
有不同的姓氏
今冬的那一朵
有火一样的名字
烧煳的天空
冰的味道

沉重的世界
漂泊在浮肿的夜
新与旧的缝隙
喧嚣着一片灯光
我看见音乐昂起头颅
大摇大摆
它裸露的脊背
文满长长的刺
撞响了钟声

我又认识了冬月
一个沉在冰下的冬月
一个趴在树上的冬月
一个跺痛脚的冬月
一个搓红手的冬月
一个月亮灰头土脸的冬月
一个星星缩着脖子的冬月
我的心随着冬月的呼吸
跳动在嘴唇上
为冷暖做媒

冬月再走一步
白色的语言
绿色的诗
阳光从来不嫁娶

故乡的春日

熟悉的早晨熟悉的山头
蹿出熟悉的那个日头
故乡的酸菜、咸鱼、臭豆腐
都有太阳的味道

走在熟悉的田埂,熟悉的天空
蓦然回到了童年
池边的蜻蜓花中的蝴蝶柳枝上的天牛
给了我童年的欢乐
那屋檐的蝙蝠堂前的燕子楼中的白鸽
带着我的童年飞翔
孩提时的心像井口那么大又像井水那样
清澈

童年的脚步曾在白云的那片影子里
镶嵌过幼嫩的期许

那时的我总想用鹰隼的翅膀
载着一个未脱壳的梦飞向繁华的世界
而今，我回到故乡只想握住春日
让梦的皱纹重新发芽

一只小狗以摇尾的方式熟悉了我
故乡的那种亲，舌尖上的那个记忆
是一条真理

梦里

抚摸月亮的脸,指纹留在了蓝天。
拥抱着初升的太阳,胸膛飞出一朵朝霞。
赶着一辆马车,进入天上的城池,
捎带外星人走了一程。

踏着波浪,放声一吼,
掉下来一颗星星,填平了大海。
鱼长出了羽毛,栖息在一片森林,
用眼睛看,用鳃呼吸。

行走的山迷了路,一棵树笑出了眼泪。
无垠的沙漠,到处是泉眼,水渴望着水。
裂开缝的一堵墙,贴了一块膏药。

口若悬河,一阵阵掌声从天而降,
我激动得从梦中醒来。

摸摸头，脑袋似乎长在别人的肩上。

我起床，梦在赖床。

故乡的月牙

故乡的月牙,一抹金黄,
犹如一叶扁舟,摇曳浩瀚夜空,
荡起一片星辰。

走进故乡的夜,我浮想联翩。
多少次披着月光,伫立一片蛙鸣,
享受田野的那份安宁。
多少次拨开夜幕,采撷一粒粒萤火,
照亮那本厚厚的书。
多少次翻山越岭,追逐一部老电影,
似乎自己成了那个主人公。
是啊!多少次坐在草垛上,注目群星,
寻找属于自己的那一颗,
总是把它带到梦里。

今夜,仰望故乡的月牙,

只想听到一种绿色的乡音。
或许，月牙上有父亲的一把犁头，
有母亲的一把梭子，
还有祖辈们修堤筑坝雄壮的声音。
所以，我想躺进月牙里，
做一个醒着的梦。

敲响寂静

从泛黄的记忆中
拈出虫蛀的那一片
放进新鲜的光阴
我看见零上的一片雪
零下的一堆火

真想把灯下的影子
移至朝阳里
让它长到极致
我只愿听见山的脚步
地平线的呼吸

一个孤独的心
在一片苍茫里哼唧
一只白鹭的翅膀
摇曳着树枝

敲响了寂静

夏夜在折旧
梦中的那朵泪花
被一个渴望的灵魂
吻干

踏着光阴的脊背

太阳因为爱
一双火辣辣的眼睛
从早睁到晚

我知道月亮的耳朵
只在夜里偷听
而我找不到证据

我看见风拿着一把斧头
把季节劈成了四块
大地可以做证

云彩迷了路
走不出天空
变成雨才能找到家

踏着光阴的脊背
我看见梦的分水岭
一座伫立着的寂静

云海

一个充满雨的名字
一片微笑的苍茫

万顷白浪
却比空气轻盈

钙化了的波涛
凝固着一座座峰峦

屯聚阳光
用风去爱

学着梦的方式
拥抱浑身诡谲的云朵

每个吻
都有一个晴天

春分

昨夜的那个梦
拽着最后的一片星光
讨要一杯清水

从晨曦走出的那朵花
喊着太阳的乳名
跑来一群活生生的雨

把阳光揉成泥
燕子飞进的那个瞳孔
爱在滴翠

零的浮力

一个灵魂伫立星空
面朝飞逝的那道泪花
用睫毛歌唱

燃烧的目光灼伤水中月
心与天空的距离
远如一本书,近如一个词

语言孵出的翅膀
飞向空气之外的苍茫
享受失重,消遣零的浮力

第三辑 盛夏的心思

大山之行

行走大山之脊几乎摸得着蓝天
飘逸的云朵过滤着太阳的炽热
渺小的我,像尘埃潜入云影

点燃我心尖的不是旭日不是夕阳
朝霞和暮云如同匆匆过客
我痴醉峰峦的苍莽奇幻
醉迷着松林的轻吟、杜鹃花的腼笑
醉迷着鹰隼的翅膀、羚羊的蹄子
那远山的积雪冰川
挺立一个圣洁的世界

走进山壑,天空离我更近
清澈的涟漪,犹如无声的告白
向低处奔腾只为波澜壮阔

夜

星星的闪烁
诠释了夜的意义
天空无须更夫

呓语是舶来品
重复白昼的一句谎言
整个梦都在痉挛

月亮要靠岸
流星下沉的天空
没有码头

听见太阳的吼

雨在云里分娩
诞生了漩涡

风暴纹烫大海
垫起船帆的高度

海燕拍打地平线
听见太阳的吼

波涛喷出一朵火焰
把天空烧成了海

故乡的月

故乡的月在屋顶上
为我的梦铺开一个星空
星星的每一次闪烁
都重复着古老的童谣
我找回了童年

故乡的月在荷塘里
为我的梦清洗一路风尘
杨柳婆娑起舞更替着季节
露珠莞尔一笑
笑出了我熟悉的那个太阳

故乡的月在我的心中
为我的梦垒起一个支点
人生有长有短
长也做杠杆
短也做杠杆

忘不了

忘不了老屋外墙的那片树影
树荫下那只受伤的灰喜鹊
灰喜鹊脚上的那根细绳
和它一次次挣扎的飞跃

老屋失火的光焰
人影的慌乱
瓦砾的喧嚣
浓烟狰狞飞檐惊悚
儿时的恐惧像一碗垫底的酒

入学的第一只新书包
那是母亲的一针一线
纺织、浆洗
裁剪、缝制

与我朝夕相处的那头黄牛
耙田耕地运送公粮
我骑着它走出童年
走进丰收
它老后,被卖到了屠宰场

饿肚子的那个年代
饥荒的田野富裕的口号
多少次饥肠辘辘野菜充饥
午后盼着天黑
半夜盼着鸡鸣

忘不了孩提时眼中的那些美
蹿到窗口的那轮红日
掉进天井的那个圆月
父亲教我认识的北斗七星

知了

秋的脚步踩响了天空
叶子的契约
只有一丝风的重量

季节的面孔
爬满卸了妆的光阴

时间脱落的那层皮
足够折射人间的真伪

把树的倒影连根拔掉
种下一千只知了

知了,知了
醉了的太阳,痴了的月亮

人类编排着自己

也想演练世界

宇宙不需要钥匙

黄龙

伫立第三极的东缘
奇巧，绝艳
风为之倾倒
雨垂涎千尺

一片瑶池
过滤着人间的欲望
岁月长出的尾巴
拖着一个古老的庙宇
走进了现代
真人的影子
坚守着日出日落
那凤头苍鹰的翅膀
把音乐拉向天空

多少个灵魂

穿过洗身洞
钙化成祖先的记忆
飞瀑流辉下
一个物质之外的物质
一个精神之外的精神
朗诵紫外线的光芒
在梦与醒之间
选择了醉

亭台楼阁
多少人的驻足
只为看到太阳的沸腾
听到月亮的酒歌
高耸的雪宝顶
以川剧的方式
变换季节的脸谱
绿的非春
蓝的非夏
红的非秋
白的非冬

我借山寨的一片灯火

邀约满天星星
跳一曲嘉绒锅庄
一颗流星停住了脚步
回头一笑

倘若光阴抛锚

从森林的气息里
我找到了花的记忆
一块石头的笑脸
在曙光里绽放
我看见日头的嘴唇
点燃了巨峰上的那堆冰
一团熊熊烈火

夏日的波涛似乎最爱唠叨
山上的雪之所以成为水
不只是为了漂泊
大海的呼唤从来不用喉咙
潮与汐之间总有月盈后的亏
月亏后的盈
我用最后消退的那粒星光
敲开夜空的大门

我想夜宿大漠

成为第一个早起的人

或许戈壁的深处有一只白鸽

衔着一根橄榄枝

而我只求半片绿叶止住

漫天的渴

倘若光阴抛锚

我便从赤裸开始

用灵魂呼吸

把生命托付一缕炊烟

滚一身泥巴露出一双眼睛

从蛙鸣的池塘里

看清世界以外的世界

我以外的那个我

终于,我明白

真正的生活

就是用脚趾抓紧地面

用站立的姿势

用行走的脚印

垫高低着的头颅

娄山关

一个红色信念
一把镰刀和斧锤的旗帜
扛着一个金灿灿的主义
为了祖国的名字不被抹去
义无反顾,长征

草鞋踏破重峦叠嶂
溅起滚烫的霜花
血的脚印泛起一道长虹
铺就一条通天的路

硝烟焊接破裂的天空
八角帽上的那颗五星
在火焰里闪烁
宣示着红军的使命
北上,驱逐日寇救中国

倒下的一个个生命
铸成了一堵铜墙铁壁
扶着祖国的身躯
诞生一个非凡的会议
挫折，抉择
一个伟大的转折

遵义的火炬
点亮的那只马灯
穿过一道黑暗
映照黎明的紫霞
一束理想之光
在太阳里歌唱

今天，登上娄山关
走过长空桥
一缕缕阳光
清洗着我的眸子
于是，我顿悟
生的意义
在于为崇高而死

我把一行热泪
溶入一杯董酒
追忆先驱者的光辉
那些为着民族复兴
而逝去的一代英雄豪杰
化作了崇山峻岭
他们洁白的灵魂
卓立高耸的雁鸣塔
守护着五星红旗

木船

昔日的木船,
以仰天的姿势,纵横一派波涛,
摆渡着春夏秋冬。
渡过爷爷的箩筐,
渡过父亲的扁担,
渡过我孩提时对于街市的期盼。

那长篙撑过的岁月,
犹如堤岸上踏实了的一串脚印,
镶嵌着姑娘的甜蜜、小伙子的喜乐,
喧嚣着学子的梦、农家的夙愿。
那商贾的起伏,门第的兴衰,世家的恩仇,
在船夫的眼里,只是一个个过客。
阳光或是风雨,湍急或是缓流,
那些贝壳,野鸭,星光,彩霞,
依然拥抱着浪花,

传诵着潮湿的故事。

而今,木船伏卧沙滩,
以脊背呼吸日月,
把过去交给了过去,
把现在交给了桥。

屋檐

屋檐下的风铃,敲击阳光,
喜鹊的喳喳叫,碎了一地。
童年时代,那个清脆的声音,
是我的知己。

我钟情故乡昔日的冬。
喜欢在屋檐下伫立,
欣赏漫天飞舞的雪花。
喜欢踩着门前厚厚的积雪,
让脚印堆砌脚印,
把冰凉的世界踏实。
喜欢凝眸堂前的燕巢,
寻思衔泥的传承,
寻觅那声鸣叫留下的痕迹。
哪怕是一团轻云掠过天井,
只要捎来燕子的归期,

我也掀开一池蛙声为它喝彩。

最喜欢三九天的屋檐。
檐口挂着的冰柱,晶莹剔透,
那是隆冬伸出的舌头,
舔一舔阳光,
就会发出春的声音。

三岔湖

抓一片春风,擦拭胸膛,
把一个锃亮的心愿,赠予山水,
倒映一抹微笑。

这是希冀的一片土地,
摇曳的一汪碧波。
森林,鲜花,
草丛,飞禽,
恰似一张绚丽的琴谱,
弹奏着艳阳的光芒。
放眼一望,
一座座岛屿喧嚣湖面,犹如千帆待发,
一棵棵树木落满鸬鹚,好像累累硕果。
岛还给了鸟,鸟还给了岛。

这是苍天的泼墨,落入大地,

隆起的碧玉珊瑚。
朝晖东涂,夕阳西抹,
好一颗天府明珠。

春夜荡漾,星星炫目,
一钩弯月温柔的呼吸,
搅动一湖涟漪。
今日的三岔湖,
诧天,诧地,诧古今。

相信

真想重走高原,
寻找被岁月淹没的脚印。
在茫茫之夜,抓一把星星,
撒给曾经躺过的那片草原。
我相信,雪山上有一朵云彩,
记得我的眼睛。

我相信,白塔依然宁静,
经幡依旧喧嚣,
高原总是如此深沉,又如此外露。
那经筒的转动,拓下千万个手印,
背负着无数的祈祷。
我只相信紫外线的魅力,
赐予脸庞上的
那朵高原红。所以,
我把一切愿望攥在手心。

我赞美蓝蓝的天空,青青的大地,
喜欢一朵朵白云,钻进湖泊,
放飞一片纯净。
当我登上高高的冰川,更加确信,
最热烈的,那就是雪。

故乡的重量

田坎上的那串脚印,
早已成为风中的尘埃,
稻场里的那把汗水,
早已成为空气扭曲的波纹。
那把犁铧不再喧嚣一片田野,
那把镰刀不再舞动一片金黄。
然而,那块黑土地的气息,
一直伴随我的呼吸,
把故乡的味道浸入心底。
所以,我的梦里,
总有一缕袅袅炊烟,
攀缘老屋上空的那片湛蓝。

我常想,如果能把时间绾成结,
系住人生的依恋,
那么,我把对于故乡的那份爱,

扎成一盏灯笼,
挂在生命的廊道,
照亮回家的那条路。

是的,我想听听荷塘里的一片蛙声,
听听堤坝上蟋蟀的一阵鸣叫,
听听屋后一湾流水的叮咚。
我想摘一片柳叶,
吹一首儿时的歌谣,
抓一根树枝荡一次秋千,
摇曳那个曾经的童年。

是啊!窗前看红日,
天井望明月,
我知道故乡的重量。

偏爱高原

偏爱高原。在那里,
每条河流都有一张干净的脸,
每颗星星都有少女般的眼睛。
高原的山,
是风的语言垒起的牙齿,
高原的雪,
是云的燃烧伫立着的音乐。

走进高原,踏上茶马古道,
你能感受空间的满溢,
时间的倒流。
当马蹄擂响春天,
唤醒沉睡的草原,
格桑花的那个美,流向你的喉咙。

在高原,与雄鹰对眸,

灵魂就能长出翅膀。
于是乎,你能掌握飞翔的密码,
译出太阳的灯语。
是的,峡谷深处,
那原生态的嗓子,
对歌雪山之巅的那朵火焰,
诠释了高原红。

高原盛情。披一条洁白的哈达,
饮一碗醇香的青稞酒,
踏着锅庄的节奏,
你会钟情一件氆氇袍。
让人忘其所以的是,
站在云海之上,陶醉的眸子,
竟想呼风唤雨。

偏爱高原。
露营一夜,
做完一生的梦。

岁月

或许,走进萤火虫的世界,
曾经疑惑的那双眼睛,
能够读懂苍茫的夜。

忆往昔,一袭轻云,
载着爱的寄托,
漫过一道道山峦,寻觅一泓清潭。
你用鼻尖上的汗珠,
探求雨滴的来历,
追溯雪和冰的前世。
零上或是零下,
你都握住每个日子。你明白:
圆与缺,凹与凸,开与合,
从来都不曾对立。

天地间,谁能铸造阳光?

谁能敲响彩虹?
又有谁抓一把沙子,能撒出一个宇宙?
别在意舌尖上的盐粒,
睫毛上的柳絮。
纵然打乱四季的顺序,
同样也有花开花落。

岁月的那双手,
一只牵着幸福,一只牵着苦难,
倘若你站在窗口,抄起手来,
便一无所有。

世事无常,但重复着一个平常:
凡是能够想到的,
都是能够做到的。
最好的梦,是醒来时,
拉着你的手,
前行。

相信

相信萤火虫,
炫耀自己,
是为夜幕闪光。
相信羽毛,
传承飞翔的意志,
让鸣叫有根,有牵挂。
相信大海,
以最低的姿势,
拥抱着蓝天。

相信大地上的每棵小草,
都很自信,
该翠时绿,该枯时萎。
相信天空,
没有吝啬的阳光,
没有多余的雨。

相信时间握着一切,
又不霸占一切。

相信爱,
和爱的所有。
恨只能掏空自己。

盛夏的心思

风的尽头,
零散的蛙音。
蝉鸣依旧我行我素,
用一个尖细的腔调,
牢骚这炙热的天空。
阳光的底层,
一棵棵干渴的小草,眼巴巴,
望着远去的云彩。
树荫下的一只黑狗,
颤抖着那长长的舌头,
似乎是要吐光浑身的焦躁。

湖边的那串脚印,
还没来得及复习昨夜的誓言,
就被今晨的步子淹没。
那双探究的眼睛,

或许知道石头的汗腺，
知道露珠的踪迹，
或许掌握着落花的遗嘱，
和蜜蜂的证词。

盛夏的心思最易起茧，
源于那火辣辣眸光的摩擦。
当心思重叠心思，
隆起记忆的海拔，
一群陌生的影子，
就会堆砌一个熟悉的标本。

倘若心思成为帆，成为定律，
宇宙的渡口，
就有舟楫，
有加减乘除，
有方程式。

青城山

放飞念想,
让一个古铜色的吼,
伫立青城之巅。

岷江朦胧的脚步,
朗诵着青城的情怀。
祖师殿,上清宫,朝阳洞,
肃穆的大门,只有一张面孔,
无需擦亮来者的姓氏。
古往今来,不知多少过客,
千悟万行,
又有几多,万念弃之,
成为青城的知音?
不险之险,
不秀之秀,
不雄之雄,

方显青城本色。
即便你闭上眼睛,
每个呼吸都能识别自己的心跳,
曲径通幽。

夕晖慷慨,
涂满一片赤壁,
如诗如歌。
青城张开翅膀,
抖落世间所有纷扰,
披一身幽洁的黄昏。

夜,关闭天空,
星星闪亮登场。
或许,老君阁的上空,
那道灿烂的划痕,
让喧嚣极致。
或许,天师洞的深处,
那片超然的宁静里,
有一条裂缝,
藏着一种绚丽的声音。

告别青城,
一个真谛嵌入脊背:
脚印最可靠。

四姑娘山

你敲碎阳光,打磨云彩
让一个古老的传说纵横天地

山谷的回音
激起涧流的涟漪
向大海的方向匍匐
你一往情深
只为看得见每天的日出

你承载着远古又托起未来
用坚硬的翅膀直扑九霄
你知道白昼的厚薄
黑夜的轻重

你高擎雪的火焰
穿过无数春秋

在云的殿堂熊熊燃烧
你以爱的永恒
把正义和勇敢写在天空
你的岁月如诗
放飞一个晶莹的世界

你露营一片寂静
一群星星钻进了帐篷

九寨沟

如虹的醉美
如霞的羞赧
你是太阳哈哈大笑
溅在大地的
一朵晶莹的泪花

你静，躺在夜的怀抱
听得见星星的呼吸
你纯，即使烈日晒黑了天空
依旧是一道湛蓝的身影
翠海，叠瀑，泉溪
滩涂，涧流，蓝冰
还有那剑岩、彩林、雪峰
岂止一个童话世界
看你一千次
有一万个爱

你握着干净的阳光
用倒影读出天空的心事
你铺开柔洁的月色
拓下人间的一个个梦
你不攀缘
贴着大地的脉搏
以微笑面对红尘陌客
在太阳的门前
你用时间变幻了空间
又用空间变幻了时间
你神奇
用语言飞翔
用羽毛歌唱

你超越昼夜的长度
增生了季节
一只水的精灵
聚拢天下的眼睛

茶之虹①

蒙顶山上的两条虹
一条托着天
一条拽着地
天地间散发的雾霭
是甘露的气派

牌坊迎宾
敞开蒙顶山的怀抱
那红灯笼藏着的谜底
一个是一片叶
一个是一块石
一个是一口井
一个是一匹马
即便是茶圣
也未必能品出真谛

---

① 应《星星》诗刊之约的图配诗。

古老的仙茶

沐浴新的日月

它以绽开的微笑

越过山丘河流

在人们的大拇指上蔓延

郎的酒

九十九把锄头
九十九条扁担
二郎的一腔钟情
酿成了一坛美酒
郎的酒
是用透明的爱
雕刻的一个站立的梦

郎的酒
醉了阳光
醉了云朵
醉了古今

今晨的卧佛山
雨雾茫茫
那奔泻的瀑布

宛如天空伸出的舌头
一个品酒的姿势
醉了时间
醉了空间
醉了一双双眸子

五老峰的峭壁
那是郎的气节
赤水河的波涛
那是郎的豪情
郎的酒
聚情
聚德
聚仁义
饮下一壶郎的酒
脚印会笑
影子会说
灵魂会闪光

郎的庄园
以张开的方式闭合
以闭合的方式张开

天宝洞
地宝洞
仁和洞
上苍赐予的三只眼睛
是凝结的笑
是笑的流动

郎的酒
是沙漠中的一片森林
是森林里的一片沙漠
郎的酒
是音乐的翅膀
是诗涌向星空
碰出来的一朵火焰

郎的酒
不饮似醉
饮了似醒

走进宽窄巷子

一座粉饰的"满城":
兴仁胡同,太平胡同,
伴着清王朝坍塌的一声巨响,
脱胎换骨,诞生了宽窄巷子。
从此,一个亲切的称呼,
在百姓的脚步中诞生。

走进宽窄巷子,
远古的气息扑面而来。
那宝墩遗城、金沙竹泥、羊子土坯,
那秦的邑廓、汉的遗风、唐的城阙,
那宋的古道、明末的狼烟,
犹如古代的使者,
穿越时间隧道,共筑一面高墙。
一块块古砖的光芒,
擦亮成都的底片。

漫步一片熙熙攘攘,
读罢碑刻,辞别门墩,
古树荫下,拴马石旁,我寻思着:
古萧墙的灵魂,
经历了几次挣扎,
留下多少遗憾?
明远楼的飞檐,弥留之际,
作别的那朵云彩,
洒下多少泪珠?
金水河最后的那一滴,
走进了谁的眼睛?

我喜欢宽窄巷子的风,
不急不缓摇曳着岁月。
我喜欢宽窄巷子的阳光,
绾一个金色的结,
系着古往今来。
在宽窄巷子,
只要你面向古井,喊出自己的名字,
就会跃起一个崭新的你。

给时间一个注脚

钟摆,反反复复,
仿佛要剥光我的意志。
眸光忐忑,
辜负了几多光阴?

时间的荒原,苍茫一片。
没有凹凸,没有裂隙,
阳光繁殖火焰,繁殖雪花,
繁殖生,繁殖死,
繁殖岁岁年年。光阴,
不嫌弃落花枯草,
不歧视秃山涸河,
它公允,赤裸自己,
不遗一分一秒。

在时间的荒原,

不同的灵魂，
有着不同的姿势，
抑或垂直，抑或平行，
爆发不同的张力。
生命的重量，
不是一个雷霆，不是一道闪电，
也并非闭月羞花、沉鱼落雁，
是时间的秤砣。

用时间踮起脚跟，顶一片天，
踏空时间，撼不动一个咳嗽。
活着，莫做光阴的过客，
夯实影子，铺一条路。

老井

老井的根,扎在故乡的土地。
辘轳转动,复制祖先的血脉。
那第一桶水,
奠定了乡音。
井泉滋养的生命,
走得再远,也不觉得渴。
通晓井眼的人,
眸子里的天,没有雾霾。

儿时的脸,以井为镜,
考证自己的姓氏。
此番回家,凝视老井,
报一声乳名,
水面扭动的额纹上,
便有自己的无,便无自己的有。
掬一捧井泉,

阔别再久,也能找回那个童年。
我明白,曾经为了什么别,
而今为了什么归。

坐在井旁,我不观天。
一阵秋风拂过,
仿佛听到先人的忠告:
用脚步说话,在平凡里歌唱。
此时此景,耳边响起母亲的叮嘱:
吃水不忘挖井人。
是的,一个感恩的灵魂,
一直矗立我的胸膛。

再别老井,把云还给云,
把雨还给雨。
盘点过往的日子,
我知道故园的重,赤子的轻。
因此,我懂得放下,
放下堂前的燕巢,
放下荷叶上的露珠,
放下雄鹰的那个盘旋。
当寂静笼盖寂静,

当影子趋于零,
我依旧坚持放下,
放下屋檐下的那个眺望。

我放不下的,
是老井的味道。

秋叶

以飘荡的方式,代替舌头,
诠释一个季节。
把仰望变成俯首,
着地,不只是为了归根。

你从土地里走来,
走过嫩芽,走过苍翠。
拽着春夏,
着一身阳光,披一身风雨,
你捧着一个姹紫嫣红,跃然大地。

纵然流星呼啸而过,
你依旧不动声色,
站在昼夜的边界,
见证日月更替。
你托起淡淡的露珠,

抛洒一粒粒鸟语，
伴朝晖歌唱。

你切割光阴，
在岁月的拐弯处，
标注一个个重复又不一样的日子。
知秋，
并非你最后的告白。

登临八台山

走进万源,

登上八台山,

阳光之下,云彩之上。

一峰独秀,

托举千年古松,

守望悠悠岁月,

以寂静的寂静,

敲响天府第一缕阳光。

步入叠嶂,

冬日的竹林依旧惊目,

荡起一汪碧波。

那枫林的美,

透出少女的羞涩,

像爱的火焰,点燃了层峦。

那晶莹的雾凇,

宣示着圣洁的世界,
似乎要拓下人间所有的悲欢。

迈向幽谷,
方晓清静无价。
踏上栈道,
更知雍容的可贵。
倘若眸光触碰着崖柏,
叩开那个远古时代,
就会明白恐龙的死,大熊猫的生。

漫步天池坝,
陶醉"一碗水"。
那是苍天馈赠尘间的礼物,
取之不尽,亘古未变。
当红军的脚步踏破云烟,
这碗水,以真理的温度,
沸腾热血,浇铸一座红色丰碑。
此刻,我掬一捧清泉,清洗眼睛,
一个个伟岸的灵魂,巍然挺立。
于是,我想握住这里的夜,
留个窗口给月亮,
让梦的殿堂挤满星星。

放眼飞龙峡,
一个古老的传说,自由飞翔。
一代侠士徐庶,
粪土功名利禄,
让一颗心载着属于自己的自己,
纵横峡谷。
或许,曾经的抠壁子河,
并非河清海晏,
同样留下刀光剑影。

伫立第八台,
眺望茫茫云海,
一个狂想冲天而起。
挽一座山,携一条河,
吸漫天阳光,
呼出不一样的我。

登上八台山,
阳光之下,云彩之上。
脊背上长出第三只眼睛。

年的味道

站在冬的边缘,
贴着时间的缝隙,
嗅到年的味道。

曾经的年味,
是父亲赶集回来使用的那根扁担,
是母亲围裙上沾满的那些油渍,
是兄弟姐妹围坐火盆旁,
吃着烧烤的那块糍粑。
爆竹喧天,
灯笼沸腾,
年画雀跃,
宣示着年的地位。

年的味道,
是溅出来的喜悦。

我仿佛看到龙灯起舞,高跷嬉闹,
仿佛听见踩莲船的调,贺新春的词,
又仿佛蹲在戏台下,睁大着双眼。
此刻,真想披上祖先的衣钵,
重走拜年的路。
我知道,脚印垒起的亲情,
海拔最高。

倘若用昔日的年味,
触碰现代的舌头,
生命的钟摆敲响的声音,
就会挽着太阳的手。

年的味道,
不在嘴唇上。

岁月的背面有脚印

借来天空的眼睛,
瞅一瞅岁月的背面。
一个流浪的灵魂,
扛着爱的脚印。

灵魂攀缘音乐的梯子,
扯下一道虹,系上爱的铃铛。
摇一摇太阳,
摇一摇月亮。

那清脆的声音,
哪怕落在雪地里,
也会沸腾。

乡愁

1

孤寂,
撑破了星空。

一行热泪,
朝着故乡的方向流淌。
为了那口井,那个屋脊,
那只衔着泥的堂燕。
为了长在田间的那个乡音,
乡音锃亮的那条青石街,
青石上淹留的那些悲欢离合。

2

一个熟透了的心跳,
无论何时,落在何地,

都是一打乡愁。

荷塘里的那群绿头鸭,
是否依旧抖动翅膀,
荡起一片蛙声?
门前椿树上的那个鸟巢,
是否照样叽叽喳喳,
吵醒日头?
湖中的那只扁舟,
是否还是载着鱼凫,
寻寻觅觅?

或许,屋檐下的那把油纸伞,
已忘却云雨。
或许,墙角的那把犁头,
已不再眷恋田间。
而我,想唤醒母亲的纺车,
听那悠扬的声音。
想穿上父亲的草鞋,
走一遍崎岖,挑回一担柴木。
还想找回捅过马蜂窝的那根竹竿,
蹲在河边垂钓。

3

幼时的岁月,
衣服上的每个补丁,
都有一个欢乐。
赤脚划破的每个伤疤,
都是一个痛快。
纯真的心,即使摸爬滚打,
也干干净净。

我想知道,
故乡今日的少年,
手上捏过几多泥塑?
脚掌踢过几回鹅卵石?
眼睛里有多少星星?
舌尖上又有多少母亲的味道?

于是,每个惦念,
用乡情标记,
便成一条回家的路。

时间的脸谱

穿过海平线,
寻觅时间的脸谱。
在太阳蹿出的那一瞬,
送一个闪亮的吻。
即使风雨肆虐,
那个唇印也会爬到岸上,
携一片碧波。

索性沉淀心思,
让一切念想在光阴里结晶。
或许阳光早到一秒,
那双抛锚的眼睛,
便能看到天上的天,地下的地。

而我,只能抓一把迟到的星光,
在梦里细心盘点。

那些歪歪扭扭的脚印,
怎么也凑不齐一条小径。
我用一个个指印,
填平那塌陷的足迹。

深巷的拐弯处,
透过残破的纸窗,
看到我以外的我,俘虏了时间,
也成了时间的俘虏。

干脆,和指针一起咳嗽,
震落生命的锈斑。

揣一声蛙鸣

晨风归来,

摇醒山寺,摇醒钟,

摇醒了窗外的那个鸟窝。

翅膀划过的早晨,

隆起朵朵云霞,

是天的醉,也是天的痕。

夏日的山巅,

宁静控制着呼吸。

我想学习向日葵,

在昼与夜的缝隙里,

建一个属于自己的瞭望台。

朝阳,落日,

不一样的姿势,

却有一样的喧嚣。

于是,我明白了,

有些声音只能用眼睛看。

轻盈的曙光,钟情的这片云海,
那臃肿的暮色,
也一样依依惜别。
眸子触及的每一座峰峦,
都天真无邪,
又都伫立着沉默的疯狂。

我想倒腾时间,
倾斜每一分每一秒。
倒出来一粒萤火,一阵蝉鸣,
一排高飞的雁。
倒出来一只风筝,一只陀螺,
一只挂在胸前的土陶泥哨。
倒出来羊的咩,牛的哞,犬的吠,
马的一声长嘶。
还想倒出来一朵玫瑰,
一张微笑的脸,
一双羞答答的手。

站在山巅,

最想倒出来的,
是雪的燃烧,冰的沸腾。
江河滚滚,
涛声弯弯曲曲,
我只揣一声蛙鸣。

第四辑　差别

差别

1

太阳离我们很近
隔着一片影子

一碗汤的距离
有时候很远

或许在天涯海角
有一串脚印
重合着你曾经的徘徊

眷恋如同脚上的茧子
磨一次,厚一点
爱是一根痛的神经

2

你脚步的呻吟
带着酸辣的味道
从你眸光里
我找到了抑郁的理由
季节已无常
一叶难知秋

地平线的伸缩
构成了世界的弹性

一个冰凉的跳动
踩着你的身子
烫伤我的心

笑一样的落泪
莫去擦干

3

眸子成为月亮的知音

在他乡望故乡
星星的讥笑
进不了你的窗户

把你的心跳
运进我的眼睛
语言与语言的距离
有时是湍流
有时是沙漠

赶着你的灵魂
拖着我的脚

4

一堆笑挺立高山
被一声哭挤下了悬崖
一声尖叫
划伤了喉咙

寻找谎言的祖宗
拔一根斑白的头发

标记水与火的位置
古老的陷阱
如同孩子的趣笑

我默然的脸
一半掉进了井里

5

挥霍光芒
胸膛一堆灰烬
我明白光阴的折旧
不是折旧的光阴

扁平的夜
垂直的眼睛
挤满屋子的不是漆黑

握紧的手
拽不住一丝鼻息
我知道镜子的折射
出卖了光辉

6

用远古的火石
点燃今天的日子
明天的明天
我们一样裸体

从星空的沉默里
我听见黑夜的心跳
你的呼吸与我的呼吸
擦肩而过

7

乐音从镜子中弹回
摔在一片荒漠

一个坑里
挤着一千张嘴
我和你有口难辩

你干涩的眼神

向湖水匍匐
两只戏水的鸳鸯
钻进钻出
不见一朵浪花

8

夕阳钻进湖水
溅起一片暮色
黄昏拓下白鹭的鸣叫
我接住了一个音节

蛙声敲击夜幕
黑色向芦苇聚集
垂直的寂静
在月光里倾斜
我看见星星的躁动
从你嘴边踏过

一句花言巧语
登上了舞台

9

沿着盘羊的路
我看见山鹰的偷窥
听到了寂静的喧嚣

云的翅膀
摇动着悬崖
你向佛光学习
用手语告别一道彩虹

我懂得了峭壁
懂得了回音
懂得了不懂

10

潮湿的一堆符号
在阳光下泛滥
文字窃取身体的皮囊
把心丢给影子

一阵风吹走的呓语
挂在枯木上
朝着春天的方向
学着嫩芽唠叨

11

用翻墙的方式
走进世界的反面
找回一个铜钱
问过去的过去
问未来的未来

过去的未必已知
未来的未必不知
知之与不知
一个现实的坐标

12

音乐在阳光里
脱掉了影子

又从黑夜里
长出一只萤火

我朝着音乐的方向
看到你从影子里伸出的手
在萤火中瞪大的眼

公允的光阴
在一场风雨中失衡

13

一阵风撞肿了水波
疯狂的疼痛

水复习着火
火复习着水

燃烧的海
把功课交给渔夫
挂在桅杆上的答案
被鸥鹭叼走

潮汐是老师

14

当爱长出了翅膀
你就只会爬
倘若爱长出腿来
你就能够飞

爱和恨的距离
有时是羊群中的一只狼
有时是狼群中的一只羊

当你走上天葬台
对视着秃鹫的眼睛
你就知道爱的反面不是恨

15

日食的那一瞬
我看见星星的眼睛
趴在白昼的边缘

头上的天
没有哪一片能遮住头发
脚下的地
没有哪一块能藏住脚印
风用声音跑着

16

站在世界的端头
左眼看太阳
右眼看星星

当你鬼迷心窍
把一条路走到黑
前面没有阳光
也没有月色

你反对不了狂飙
反对不了漩涡
反对不了暴雨
反对不了陨石
甚至连一粒露珠

你也反对不了

17

古碑阒静
花朵喧嚣
一个捋着胡须的灵魂
笑裂了一堵墙

文字由繁至简
古墓依然年轻

野性

1

流星的目的地
在海平线以下的那个驿站
没有栅栏,没有马嘶
桥不归桥,路不归路
世界的对岸
一滴泪咯咯地笑

2

开花的无果
结果的无花
秋风背着一筐落叶
寻找绿洲
季节反面的那双眼睛
看冬风是春雨

看艳阳是雪

3

野火涂鸦
沼泽设伏
云漠在断裂
蛀空的夜
只剩一堆骨头

4

风把缺点交给大海
波涛浑身是刺
海天之间的那条缝
藏着两把钥匙
一把开白天
一把开黑夜

5

咒语在零下燃烧
舍利子脱离了地平线

烤焦的影子
只问来世
一首陌生的诗
站在熟悉的山头
握着一股炊烟

6

鸟的惊飞
增加了叶子的重量
时间的流逝
堵塞了空间
窗口的那个嘴唇
欲言又止
以喜鹊梳翅的姿势
吻别七夕

7

夜躺进草原
编辑金黄的呓语
脚步以虚线的形式
潜入帐篷

星星悄悄撤离
注销了夜空
一朵躁动的云
羞答答的脸

8

送月亮一个铃铛
把失眠的原罪置于心思
用流星打上封条
梦的另一头
漫山的橄榄树
挂满了阳光

思想的倒影

1

天睡了,我醒着
浪费了整夜
也没掏出星空的半句话

天醒了,我困了
一个白日梦
绊倒了一片云

抓了一把时间
有秒,有分,有小时
还有日头眨眼的那一瞬

2

命运不是上山的一条路

不是入海的一面帆
是脚印叠起的那个高度

把命运含在嘴里
吐出来的是泪
扛在肩上,就会长出翅膀

梦是躺着的,梦想是站立的
看着天的眼睛走路
就不会摔跤

3

和冬天一起闪光
把雪的背叛写进字典
语言不患青光眼

找一个老掉牙的词
点燃冰柱,朗诵冻僵的河
一只上钩的鱼感动得流泪

在天空的最高处
有一个最低的门槛

挡住一个最小的跨步

4

月下的那声鸣叫
把凛冽的夜撕开一道口子
溢出来的不只是阒寂

灯柱傻傻地笑
犹如一个逃夜的孩子
被光绑住了腿

灯光僵硬
一敲就碎
刺哭了正在微笑的音乐

5

太阳给大地的吻
滋生了影子
海平面增生了骨头

世界的反面有一个溶洞
藏着外星人的密钥
地球并不孤立

星星无须抓阄
牵手黄昏的那一颗
也会迎接黎明

6

云瞎了眼睛
撞破了天空
那么，雨就是天的呻吟

即便是季节颠三倒四
丢掉了一个月
日子一个也不会落下

时间的倒影
种下了无数故事
小城故事圆，大城故事方

7

脱皮的风
失明的雨
笑掉大牙的雪

雷霆失声
闪电抽搐
彩虹伤痕累累

掏空地球
填满天空
人倒立着行走

8

在山谷里哭
在大海中笑
在城市里哭笑皆非

桥这头是火
桥那头是水
桥的中间鹦鹉在祷告

一支倾斜的笔
在广告上画着钟馗
爬出来一堆蚂蚁

9

梦走进阳光
也许没有影子
走进泥泞就会留下脚印

醉与醒之间是一壶酒
糊涂时也许最清醒
吃错药未必不能医病

一句很长的呓语
一个浮肿的灵魂
一张挤出水的美人画

10

如果杨柳按人的愿望发芽
如果石头开出鲜花

如果火在水中燃烧

如果用光织一面锦绣
如果用冰砌一座大厦
如果在稻田里种下大米

如果狗咬破墙的影子
如果雄鸡把夜叫得流了泪
如果星星掉进了天井

11

有的事还未开始就已结束
有的人与人打了一辈子交道
也不知他的心长在屁股上

舌尖与心的距离
有时很长,有时很短
当人掉进了茅坑,距离为零

文章张开嘴巴
吞下了一座金山

执笔的那个人一文不值

12

倘若无翅膀
一味迷恋天空
脚下的土地也会塌陷

心事重重
即便行囊空空
也会越走越沉

吃力地放松着爱
不如轻轻抓住
黑夜的愚钝胜过白昼的机敏

李庄的倒影

1

九宫十八庙的逸闻趣事,
聚集着太多的虚实与真假。
先人们的故事,
离不开木头的方,石头的圆。
历史长河的一张张古帆,
朝着太阳的方向。

旋螺殿,奎星阁,慧光寺,
那青墙黛瓦,画栋雕梁,
以独立的风格,
让楼阁寂静,檐牙喧嚣。
一座座庭院,
将昨天翻云覆雨,
来来往往的瞳孔,

只要不囿于楹联的宽窄,
就不会躺进历史的被窝。

2

双眼井,
以水的灵性审视天空。
也许,那遨游的云,
每一朵都有畅通的经络,
和大地一起脉动。

那清澈的泉水,
或止渴,或整衣,
已无足轻重。
我只想凝视井底,
邂逅一个泉眼,
问一声地下的缘去缘来,
有多少悲,多少喜。

井面平静如初,
无需望穿秋水。
舀一瓢泉,

清洗浑浊的眸子,
目光里,挖井人的灵魂,
燃烧至今。

3

倘若夸张,
当夸张石燕街,
随手一抓,便是一把春光。

或许,老天的一次梦游,
误入墓地"官山",
走失了一颗星星。
或许那颗星星迷恋凡间,
化身一只石燕,
守护着一江碧绿。

抚摸石燕,
感受飞翔与陨落的温差。
昔日的乱坟岗,
官葬也罢,民葬也罢,
生与死的距离等同于呼吸。

或许,世间的一切平衡,
都源于迷和悟。

走在石燕街,
即使听不到燕鸣,
照样撞见春天。

4

席子巷的吊脚楼,
拥挤着一堆甜言蜜语。
抬头一望,
那些大鹊小鸟,飞来飞去,
仿佛寻找着时光的瑕疵。
阳光或是雨点,
都是天空的符号。

瞥一眼"腰门",
就能掂量世俗的沉重。
那一瓦一璋,
男女七岁不同席,
不知扼杀了多少欢颜。

谁能抛头露面?
谁能抿嘴一笑?
曾是多少闺房的隐秘。

生活的肯定和否定,反反复复,
日子便会发酵。
大千世界,只有过期的季节,
没有过期的人世。

5

乔装的商队,
以旗人的姿势行走,
岂止为了买卖。
菜籽坝上,康熙曾经的靴子,
丈量了多少故事,
又有几多爱恨情仇,
石缝里长出青草?

那一夜星星没有躲藏,
虫鸣依旧,涛声如故。
皇族的手,叩开草民的柴扉,

那微笑的寒舍,
递出每只碗,都盛满善良。

6

黄昏呼啸而来,
把旧事还给了李庄。
月亮忽隐忽现,
吴刚伐桂的身影,
立在船头。
对岸的山隐隐约约,
托起黄庭坚曾经的一笑。
那笑声,溅起的朵朵浪花,
逍逍遥遥,
打湿了满天的星星。

月圆人难圆,
并非一杯酒的感叹。
大桂轮山的题迹,
虽已所存无几,
笔墨行走过的日子,
依然鲜活。

历史的页码,
总是夹杂着是是非非。
大江东去,
未必淘尽所有风流人物。

7

长江,一手携着同济,
一手牵着李庄。
李庄有了同济,
同济有了李庄,
一个民族生死存亡的注脚。

走在李庄的同济路上,
感受过去同济人的呼吸。
那昔日的园丁,
穿越纷飞的战火,
一行行热泪,一腔腔热血,
以太阳的温度结晶。

耳边江水滚滚,

诉不完同济的往事。
那远方的黄浦江畔，
或许也有同济人，
面朝李庄，听同样的涛声。

8

跨过小桥流水，
走进月亮田，
便走进了林徽因，走进了梁思成。
小屋恬静，陪伴两个巨匠，
度过岁月的苦难。
风凄凄，雨凄凄，
一声声咳嗽，震碎了年华，
笔尖行走的线条，
勾勒梦的光明。

逆境中，有光在，
就会长出一颗金灿灿的心。
简室里叩问灵魂，
一首《哭三弟恒》，
大把国仇家恨的泪，

大声家破国亡的呐喊。

让一个人想了一辈子,
让一个人爱了一辈子,
让一个人念了一辈子。
她的优秀与高贵,
把一代女性的魅力,
绽放到极致。
一个尊严的人生,
平凡的非凡,非凡的平凡。

9

李庄的倒影,
犹如一幅古代的画卷,
从昔日漂流到今天。
那醒着的夜,
不时地挠一挠江面,
微笑的水,轻拂一排排琼阁,
时间缓缓倒流。

我站在长江之头,

握紧每一分每一秒,
唯恐这里的绚丽从眼睛里流失。
走过一座拱桥,
小憩亭台。我问星空:
有多少废墟着的古镇,
引颈呼救?
当千年的纯朴碎成一地瓦砾,
那么,现代,现代的现代,
又有几多可以捡起?

你在你的边缘

1

一个比零还小的午夜
你攥住流星的光芒
针灸火辣辣的舌头

膨胀的夜
溢出一声鸡鸣
淹没了星空

你在露珠中跋涉
踏响一缕阳光
触到太阳的泪点

2

抓一把星光
作为你的垂饵
撒到天涯的一个角落

你拽着一朵云
攀缘大海的脊背
拓下潮汐的脚印

你放下了山
放下了布谷鸟
放下了河中的那根青荇

3

坐在黄昏上
你跟青蛙唠嗑
聊着水的影子

你撕下一块夜幕
铺在一片柳岸

打包蝉虫的鸣音

你携着夜的手
走近匍匐的湖面
与月亮谈月亮

4

装满萤火虫的玻璃瓶
照亮你的童年
迷幻的星空一颗痴心

一只土陶哨子
吹落夏日的一片云
你在洪流的门前燃烧幻想

光芒绕过脊背
引爆你的痱子
一个痛快的年代

5

你在梦里寻找贝壳

和贝壳上的雨痕
最后下沉的那颗星叫醒了你

带着一句乡音
你穿过一个冬天
为了重逢久违的那只堂燕

淋一身雨
披一身风
你走进一池羞涩的莲

6

寂静的戈壁
马的蹄子和啸声
把你带入祖辈的跨越

金戈用古语生根
你把沙漠译成了水
多少人望梅止不住渴

远去的云朵
把天空擦得透亮

你收下一粒雨

7

用脚趾丈量语言的角度
你垂直于时间
平行于空间

文字打着哈欠
挤出一堆标点符号
你许诺让词语播种土地

当犁学会了说谎
一头牛的泪
淹没了你的膝盖

8

你走向太阳
遇到了一阵雨
不向天空问究竟

天空有一千个理由
让风复活
让河流脱皮

你学习瀑布
用摔碎的方式
把自己送向远方

9

你是一棵原上草
在野火中蜕变
用青烟讴歌

你拒绝远古的赠予
在零点的方向
种下一排零

天空越来越高
你把脚伸进一片黄土
与一株海棠相依

10

风翻开的那本书
露裸人间的悲欢离合
你的眼睛是一条爱的溪泉

你懂得爱的角度
把自己倾斜
溢出记忆的咖啡豆

一个漆黑的墙角
你怀揣一颗夜明珠
让爱成为最后的一寸光

11

用爱的火焰
调制生命的色彩
你的心尖如一团雪

梦里的那块石头
踮高爱的脚尖
你的目光叮当叮当响

你无须拥抱
身上的温度在嘴唇上
烘烤一辈子

12

风筝和树枝
都在挣扎
你绾着阴影里的阳光

鹰的翅膀切割着天空
你把光阴的碎末
扶上一堵墙

在墙壁的涂料上
太阳压弯你的影子
你用眼睛呼吸

13

夜的边缘
一颗星星抛个媚眼

迷失了你的手

你把心思搁置腰间
用呼吸扭动
摇出梦的胚胎

夜在分娩
一道曙光飞出你的眸子
缚住了一只鹰

14

你走出冰川
带着雪的种子
种在夏的额头

草原与峡谷
你撒下一片片龙达
送别灵魂

你用煨桑的方式
把一缕缕青烟送往天空
探究日月的身世

15

你懂得高原的味道
青稞酒不醉
哈达醉

你借来紫外线
转动一排经筒
看到了世界的反面

你左手握住今生
右手攥紧来世
踏上自己的心路

16

你听着格桑花的故事
寻着马的蹄印
追溯黄河的源头

你行走茶马古道
扯下一朵白云

掂掇岁月的重量

你放不下帐篷
放不下沼泽
放不下草原无际的绿

17

你将风暴认作知己
摇动一片椰林
把沙滩放归大海

你用礁石的语言
说出海的秘密
波涛长出的牙齿

遗忘的沉舟
漂起来一个警句
你只许诺给苍茫的苍茫

18

你属于吞进肚子里的语言

属于窗前的每个夜
属于梦里的一片枫叶

你喜欢天井的月
喜欢檐口冰柱的融化
喜欢枝头喜鹊的那个跳跃

你想再听一次犁的朗读
水车的吟诵
打谷机的歌唱

19

火焰熄灭了火焰
水淹没了水
你用影子卷起影子

湿漉漉的音乐
敷贴着你干燥的心
冷却是为了热烈

你把自己交给夕阳
露出一片羞怯

嵌入晚霞的半张脸

20

阳光钻进湖中
掏空了水的声音
你看见的不只是沉浮

你向雨伞学习
向井绳学习
向涧谷学习

你用眼睛诉说
诉说手指的沉默
打开心上的那把锁

21

蛙声挤满了星空
夜在失眠
你脱掉了月光

你寻找着梦的入口
一个溶洞的世界
灌满了酒

你不饮而醉
一根火柴划亮的洞穴
最珍惜光明

22

野外的石头
蚂蚁抬着蚂蚁
绑定了你的瞳眼

你是你的腿
拽着你的影子
为一片阳光脱脂

鹰隼的长空
有一条盘旋的路
你借闪电攀登

23

你翻过墙垣
在仙人掌赎身的地方
置一片黄土

你的手是播种机
在不同的季节种不同的树
发芽或是落叶都是天禀

当记忆被切割
眼睛变成了镜子
你忘却了忘却

24

你是大海的眼睛
是波涛的呼吸
是珊瑚的脉动

你是风雨滚落的一块山石
是河流冲洗的一粒砂
是一片瓦上的霜

你是一个含糊的词
跳出一本书
在另一本书里繁衍

25

时间和空间的交界处
你拾到光阴的一把钥匙
一枚庄子的印章

你扶着增生的岁月
问大道的去处
庄子捋了捋胡须

时间在空间里
空间在时间里
你终于明白返璞归真

26

结巴拉长了语言
或许能让音乐缩水

你更相信上苍会伸懒腰

透过夜的幕帐
你看到打喷嚏的那颗星星
闪了腰杆

你唯一的财产是眼睛
即使穷困潦倒
也不会变卖

27

用空白填充生命的空白
在陌生的港湾
你找到一个熟悉的灵魂

你把静止的风
挂上一棵疑惑的树
分娩一根根松萝

你把糊涂变成了聪明
又把聪明变成了糊涂
抛弃了一切抛弃

28

风否定了沙漠
脚印否定了脚印
你用音乐否定自己的嘴唇

你赤裸着眼神
像一团火在熄灭
又像山洪过后的呼唤

你为语言打开一个窗口
在天空为翅
在陆地为趾

29

你用霜花微笑
镜中的那个你
每一根银丝都恐先争后

你向往田园的恬静
那一声声啾啾

那一声声咩咩

你的根是摇篮的藤
是老屋的那堵墙
是故土的一股浸水

30

不仅仅是这些树林的余烬
那些鸟的余音
也用你的目光舞蹈

呼吸着一泓山溪
你如此漂泊
只为成为沧海的一粟

清晨从远方而来
像一面轻纱裹着的羞花
落入你的黄昏

31

做一朵火花

溅到一个漆黑的夜
放大你的寤寐

剥开一片倒影
你看到了水的反面
和反面鱼的天空

山谷里的那声回响
记不住云的名字
记住了你声音的重量

32

一个秒的间隙
隔离了世间的水火
你听到雪的鼓掌

你没有日记
手和口沦为文盲
只有脚懂得站立的学问

当思绪离开了腿
虚无也会燃烧

你在烟灰缸中寻找炊烟

33

一切如此喧闹
你扛起自己的指纹
蹚过了一条河

你拽住自己的想象
用流星的灿烂
抛光晒黑的牙齿

你如此渺小
穿过一个针眼
缝补岁月的裂痕

34

你用忘却纪念自己
为了世界的轻盈
斩断拖着的那条尾巴

你节约嘴巴

怼回去的话夺眶而出
如露珠一样的喧响

打开浑身的毛孔
让心声四溢
你在孤寂中热闹

35

你向太阳学习
用燃烧冷却自己
遗嘱里没有舍利子

死亡是天赋
死的重量是活的高度
你站在脚印垒起的舞台

你用浪花弹奏地平线
夕阳靠后，黄昏靠后
你是一个早晨